水蓊樹上
的蝴蝶

冰 谷·著
林煥彰·圖

水蓊，台灣叫蓮霧，是馬來西亞庭園常見的熱帶水果，果實有紅白青各種顏色。為防果蠅，果實將成熟時須套袋，最方便是用塑膠袋，顏色各異的塑膠袋在風裡飄揚，好像蝴蝶飛舞。

本書榮獲馬來西亞福建社團聯合會暨雪隆福建會館文學出版基金2009年度兒童文學組優秀獎，並由該基金資助出版。

幸福家園的詩篇
——《水蓊樹上的蝴蝶》序

林煥彰

　　這是一本很可愛的童詩集。

　　「水蓊樹」是一種果樹，它結的果實，在台灣，我們稱為「蓮霧」。

　　做為書名的〈水蓊樹上的蝴蝶〉這組詩，共兩首；作者寫的蝴蝶，不是真正的蝴蝶；而是為果實免於遭受蟲害，在果樹結的果實上包紮各色塑膠袋，形成一種特殊的景觀，一個個乍看起來，像是一隻隻蝴蝶，在吃花蜜，或如在風中翩翩飛舞；這種造成錯覺的景象所產生的美感，會幻化成詩人寫詩的激素。雖然它們不是真正的蝴蝶，但詩人有了美好的想像，經過轉化，變成心中的蝴蝶意象，形之於文字，用具體的、形象的語言表現出來，其詩意、詩味、詩境才特別顯得珍貴，這就是詩人展現才華的所在；我想這也正是詩人冰谷，要選它做為書名的最佳的原因。

　　我們就先來讀一讀其中的第二首吧！

姐

姐快

快來看呀

水蓊果還青青

樹上就集滿了蝴蝶

乍眼看去有紅彤彤的有黃燦燦的……

乍眼看去有藍盈盈的有白閃閃的……

在風中翩翩飛舞呢

把水蓊樹團團

包圍著像是

一群蝴蝶

開宴

會

　　這首〈水蓊樹上的蝴蝶Ⅱ〉，是用圖像式的形式來表現，整首詩就像一隻翩飛的蝴蝶，不僅詩意輕快、甜美，形式也特別；有視覺的美感。

　　冰谷是馬華資深著名詩人，他是我要好的朋友；我們相識於1981年秋天，在台北出席第一屆「亞洲華文作家會議」；大會的宗旨是「以文會友」，我們就這樣結下了不解之緣。他擅長寫詩，也寫一手好散文；尤其他青壯年時期，常年在大馬北部膠園、油棕園工作，中年時又一度遠渡重

洋，到索羅門群島負責管理油棕種植工作，融入當地原住民生活圈，人生經歷特別豐富，因此寫了幾部熱帶雨林特殊景觀、生活體驗的散文，獲得相當好評。至於為兒童寫詩，我所知道的是，他從1990年代初就開始了；他說他是受我的感染。其實，依我觀察，應該是和他長期關心馬華僑界華文文化教育有關，同時也因為近年有了一個可愛乖巧的孫子、升級當了爺爺之後，就積極在這方面投注更多的心血。

為兒童寫詩，我一直相信是關愛下一代的具體表現；讀冰谷的兒童詩，我也發現他的「兒童詩觀」，和我的想法是不謀而合的——由愛出發，觀照現實生活。因此，冰谷的兒童詩，有一個相當鮮明又一致的特色，那就是人人都憧憬、希望擁有的極為珍貴的溫馨家園的幸福感；在這本詩集中，爸爸媽媽、哥哥姐姐、弟弟妹妹，是組成一個理想家園所應該要有的成員，在他的詩作中，都會適時出現，讓讀者讀來特別溫馨親切，讓人嚮往。詩中敘述者所流露的親情是真摯的，所敘述的任何事物，也都是一般兒童日常生活所思所想的，很容易獲得共鳴。

兒童詩的可貴是，純真可愛的本質；美是她的化身。在這本詩集中，我們看不到暴戾、粗俗的字眼，而是溫馨、幸福、優雅的感受；美會感化暴戾之氣，美會撫平我們受傷結痂的疤痕，美會淨化我們被世俗汙穢的心靈⋯⋯

（2010.02.26／00:17台北研究苑）

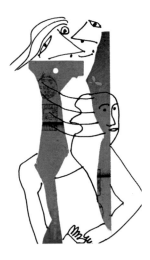

9

111 第三輯 水蕹樹上的蝴蝶

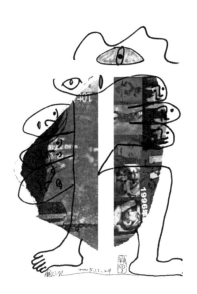

第一輯

月
亮
的
衣
裳

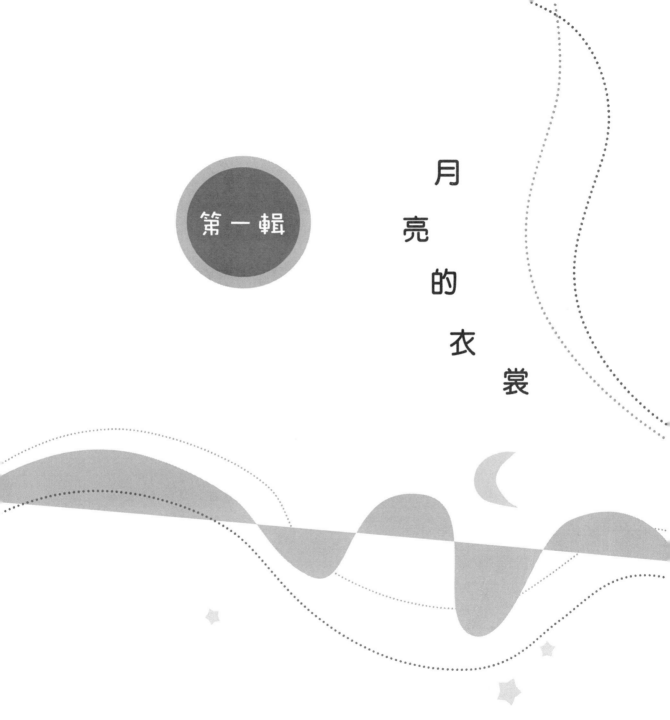

月亮的衣裳

前天

在我洗澡後

媽媽替我換上藍色的衣裙

爸爸稱讚說：

「好漂亮！好漂亮！」

我聽了心裡很高興

感謝我的好媽媽

她給我剪裁了新裝

那個晚上

我站在窗前讓月亮欣賞

月亮披著白色的衣裳

昨天

在我洗澡後

媽媽替我換上黃色的衣裙

哥哥稱讚說：

「好漂亮！好漂亮！」

我聽了覺得很快樂

感謝我的好媽媽

她給我剪裁了新裝

那個晚上

我坐在天台讓月亮欣賞

月亮披著白色的衣裳

今天

在我洗澡後

媽媽替我換上紫色的衣裳

姐姐稱讚說：

「好漂亮！好漂亮！」

我聽了感到很幸福

感謝我的好媽媽

她給我剪裁了新裝

到了晚上

我走進庭院讓月亮欣賞

月亮披著白色的衣裳

月亮從來沒有換新裝

永遠披著相同的白衣裳

月亮月亮請您別徬徨

明天我求我的好媽媽

為您剪裁彩色的新裝

拜託風伯伯帶去給您穿

—— 1993年7月12日刊於光華日報「作協春秋」

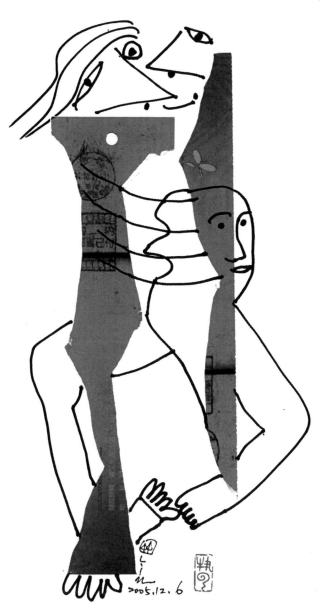

松鼠與可可

大清早　整片叢林

就被松鼠的竄跳驚醒了

牠們作了一陣晨運

就饑腸轆轆想到了早餐

其實　早餐早已準備好

低矮但不分季節開花結果的可可樹

手臂上掛著一顆一顆橙黃

松鼠經過一番挑選　搜索

把嬌小玲瓏的身體倒掛

前肢扶果後腳抓椏

便一口一口的品嘗

別有風味的芬芳

牠們悄悄的欣賞

細細的咀嚼

生恐自己的行蹤被發覺

因為太陽已經探出頭來

準備流汗的農人將出現

不只松鼠們起得早

阿麗瑪也一樣

當太陽一張眼她就

一手拿杆一手提籃

為急著要往下跳的果實

安排出路

阿麗瑪沒有嘗過可可的滋味

她的孩子不懂香噴噴的巧克力

阿麗瑪匆匆忙忙只顧採果實

又快快用刀將果實剝開

在長杆與刀鋒不停起落間

阿麗瑪把手臂鍊成了鋼

許多年前

當可可的根鬚

還未深入這裡的泥層

松鼠沒有巢穴

要四處流浪

且不停的尋尋覓覓

才能從林間獲得一枚

淡然的季節性野果

有時繼續幾天挺著饑餓

松鼠不信樹木能結出美味的果

現在微微感覺饑渴

便將身體作美妙的倒掛

在隱密的樹梢上逍遙

只有阿麗瑪由始至終都貧窮

她除了支持自己　還要撐起

一個破漏的家

而松鼠們不知道

牠們也是阿麗瑪另一個

無可奈何的

負荷

——1992年刊於台灣《兒童日報》
收入詩集《沙巴傳奇》（1980年）

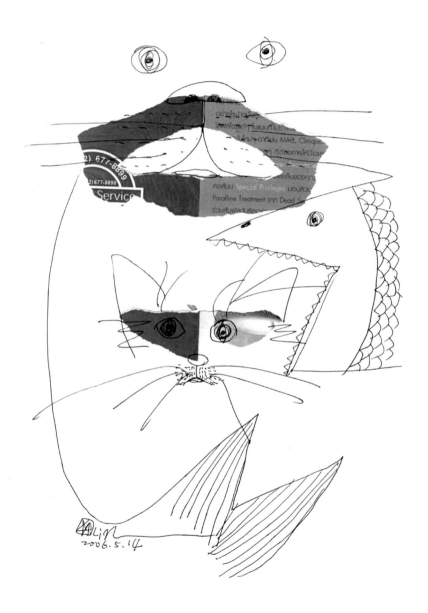

陀螺敘事

我們漸漸地消失了
尤其是在城鎮裡
兒童只愛電子遊戲
不知道陀螺這東西

在荒蕪的園地
番石榴樹倔強地生長
在倒塌的廢墟
柑桔樹迎風沐雨

我們向來住鄉下
帶著滿身土氣
我們是番石榴樹
和柑桔樹的孩子

缺少新型玩意

鄉童喜歡我們

不需要他們花錢

只要小鋸子和柴刀

就可以雕琢我們

——錐形的陀螺

別看我們

頭大腳尖

其實轉動的時候

我們渾身是勁

穩重又靈活

還嗡嗡嗡地唱歌

鄉童喜歡我們

常常結伴一起遊戲

水蓊樹上的蝴蝶

用繩子把我們全身

緊緊纏住

然後奮力一甩

發揮了我們的專長

旋轉旋轉再旋轉

當我們精疲力竭

搖頭擺腦欲墜時

他們便以繩子

往我們的脖子一拉

我們又回到主人的掌上

歇息

我們循序的姿態

急速轉動的威勢

隨繩索來回的跳躍

都獲得歡呼和掌聲

橡林裡

椰影下

都是鄉童的遊樂場

我們就在泥地上

輕快地唱歌

歡樂地旋轉

有時候我們也有煩惱

鄉童頑皮起來

要用我們的頭顱比賽

一批躺在圈圈裡

由另一批

用尖腳大力搏擊

我們常常因此

頭顱破洞　噴出火花

我們帶給鄉童歡樂

也渴望他們愛護

我們不喜歡搏擊

更不忍心夥伴

互相殘殺

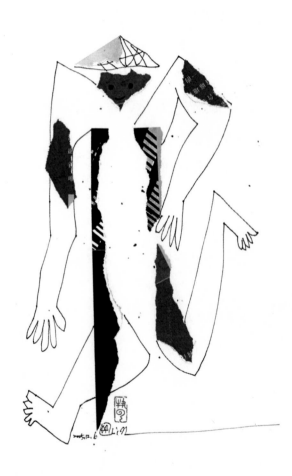

橡膠樹的故事

——兒童敘事詩

我們子子孫孫

在這裡生活

超過了百年歷史

繁殖過了四代

今天　還有人置疑

我們的屬性

久不久就

來一次宣判

說我們是外來客

回到1876

是那年　我們的種子

被帶走　離開巴西祖家

水荔樹上的蝴蝶

那片廣闊荒莽的叢林

從島國斯里蘭卡　新加坡

登陸馬來半島

我們22個兄弟

落足瓜拉江沙（註）

發芽　生根

吸收土壤的營養

還有陽光雨露的滋潤

漸漸地葉茂枝榮

成長為雄壯高昂的綠樹

除了享有蔭涼

更有豐富的乳汁

我們適合

這裡的地原環境

我們喜歡

這裡的熱帶風雨

我們享受

這裡的高溫氣候

我們愉快地成長
我們幸福地生活
在陽光風雨的催促下
年年開花
又年年結果

青色果實的外皮
到了成熟就皺紋重疊
在八月驕陽的薰烤下
在陣陣烈風的熬烙下
果實忍不住沖擊
「嗶啪」一聲把種子拋落
誕生了另一個新生代

跨州越境
爬山過嶺

我們一代代傳承

把種子分佈到各角落

終於　很快地

我們繁衍成

國家的重要資源

因為我們體內的乳汁

儲藏量豐富

足以哺育

大地的孩子

辛勤的膠工們

夜半三更

頭上掛起煤油燈

用閃亮的彎刀

在我們身上割開

一道細長的薄片

讓我們潔白的乳汁

如泉水般奔流直下

匯集在杯中

除了颱風下雨

膠工從不缺席橡林

我們也從不拒絕

作出奉獻

經年累月

刀痕愈雕愈長　愈闊

當上下身軀

百孔千瘡

累累疙瘩

頭頂上叢髮蒼黃

體內乳汁枯竭

當我們年老體衰了

我們就被砍伐

紋路亮麗的軀幹

割成一段一段

再輸送至工廠

鋸成枋條　薄片

轉入烘房抽乾水份

我們即可轉形為

精緻美觀的家具

我們體內流出的乳汁

我們的樹幹和枝椏

我們的綠葉與根塊

生命中的一點一滴

都是天然財寶

蒼老的我們走後

新的一代

繼續使命

以更優質與多產

展示我們不倔的精神

我們早已成為

國家的品牌標致

莫再置疑我們的屬性

我們熱愛蕉風椰雨

我們老死在這片土地

註：瓜拉江，馬來語叫Kuala Kangsar，位於大馬霹靂州中部，為大馬最
　　早種植樹膠的地方，古樹如今仍在，樹齡已超過百年。

——2009年4月5日大年

把時鐘撥快一點 I
——城市孩子的夢

媽媽說：

把時鐘撥快一點

好讓我明天早點起來

準備早餐

爸爸說：

把時間撥快一點

好讓我明天早點起來

去上班

哥哥姐姐一同說：

把時間撥快一點

好讓我們明天早點起來

可以輕輕鬆鬆

到學校

我急急對媽媽說：

我的時鐘要撥得最快

好讓我明天早上一起來

長得和哥哥姐姐一樣高

陪他們一同上學去

——1992年6月刊於台灣《兒童文學雜誌》第4期

——收入嘉陽出版《一定要讀詩》

把時間撥快一點 II

──鄉村孩子的夢

爸爸對媽媽說：

把時鐘撥快一點

好讓我們明天早點起來

下田插秧

哥哥對姐姐說：

把時鐘撥快一點

好讓我們明天早點起來

趕上學去

學校的路

要走好遠好遠

我對媽媽說：

把我的時鐘

撥得愈快愈好

最好明天早上我起來

就已經長高

可以同哥哥姐姐一起上學

又可下田幫爸爸媽媽拔草

——1992年6月刊於台灣《兒童文學雜誌》第4期

——收入嘉陽出版《一定要讀詩》

村屋

零零落落的
簡簡單單的
村屋　毫無秩序地
東一間　西一間

不設籬笆　沒有
人為的糾紛隔膜
小小的園地　在屋前
油油的蔬菜和瓜豆
挾著營養不良的野草

賤生易長的果樹
總有一些　在屋旁一角

一兩間鴨舍和雞寮

在屋後陰涼的地方

他們種果樹是為了陰涼

他們養雞　因為有餘剩的穀粒

他們養鴨　因為田裡有免費的魚蝦

不知道如何用煤氣

柴薪來自山林荒野

井裡和溪澗中的甘泉

任由汲取　從不乾涸

手中一把鋤頭

頭上一頂竹笠

腳著一雙泥靴

他們　這樣過日子

——收入中國海燕出版社《世界華文兒童文學作品選》（1994年）

黃昏小唱

太陽駕著火輪

滾向山邊去了

叮噹叮噹

牛隊與羊群的頸鈴

從綠絨絨的草原上

傳來

這時候

風是常客

最瀟灑也最頑皮

它掀起香蕉樹的衣裳

又擁著椰子樹

跳草裙舞

夕陽　照在

村童的稚臉上

泛起　一抹淡淡的胭脂

農夫從田野回來了

茅屋的簷角

零亂地掛著

鋤頭和鐮刀

炊煙裊裊升起

廚房裡正飄出飯香

揮汗者的一天

便這樣　悄悄落幕

——選入中國海燕出版社《世界華文兒童作品選》（1994年）

母親節的禮物

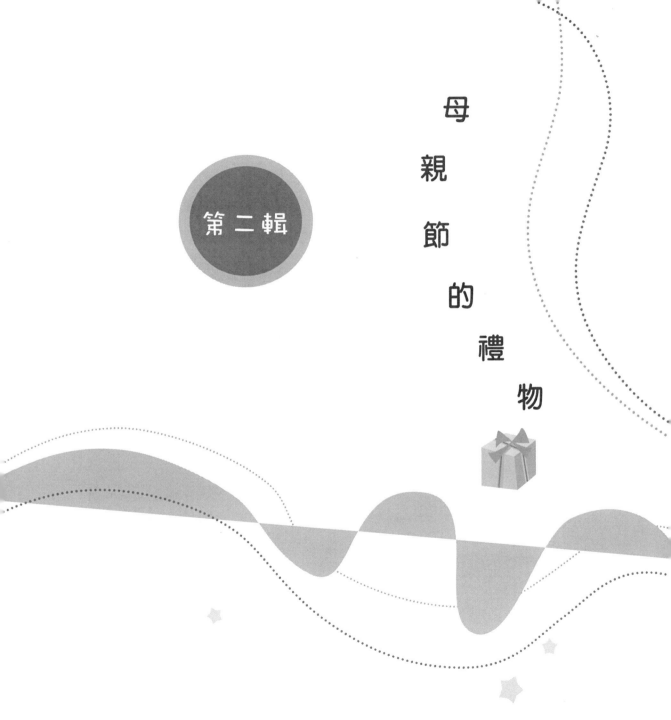

母親節的禮物

母親節到了

姐姐買了個蛋糕

送給媽媽

哥哥買了件新衣

送給媽媽

媽媽很高興

我沒有錢買禮物

我在練習簿上

畫個紅心

寫上「媽媽我愛您」

媽媽看見了

緊緊把我抱在懷裡

————2009年4月14日大年

弟弟寫信

哥哥寫信給姑姑

寫滿一張紙

哥哥認識很多字

信裡寫了很多小故事

姐姐寫信給外婆

也寫滿一張紙

姐姐認識很多字

告訴外婆生活好

弟弟也要學寫信

不識字　拿了一張紙

只好畫了根肉骨頭

送給心愛的小黃狗

————2009年4月9日大年

弟弟的童年

弟弟的童年是

快樂的童年

弟弟愛貝殼

爸爸帶他到海邊

讓他在沙灘上

一顆顆慢慢找

弟弟的童年是

美麗的童年

弟弟愛遊戲

媽媽帶他去公園

教他盪鞦韆

陪他溜滑梯

和小朋友坐蹺蹺板

弟弟的童年是

又快樂

又美麗的童年

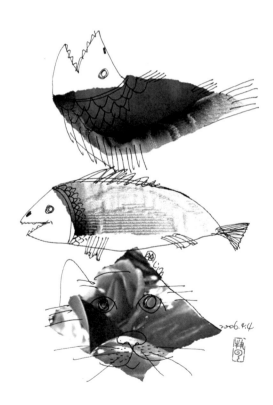

2006.4.4

怕熱的小叮噹

小叮噹和橡膠樹

都很怕熱

大旱天到來了

他們一齊脫光光

小叮噹跳進小溪裡

洗滌身上的熱氣

橡膠樹站在溪邊

羨慕地不停搖手臂

怕熱的小叮噹

有清冷的溪水作伴

怕熱的橡膠樹

只有等待雨水來消暑

我也是魔術師

魔術師把兔子

放進紙箱裡

兔子不見了

魔術師把雞蛋

蓋在手帕裡

雞蛋失蹤了

弟弟對爸爸媽媽說：

你們看

我把這粒糖

放進嘴巴裡

糖也很快不見了

水萘樹上的蝴蝶

弟弟高興地說：

我會變魔術

我也是魔術師

新年

新年像一個
愛打扮的姑娘
門邊穿上紅衣裳
門楣戴上紅絨帽

「春福」一起到
兩個大字翻筋斗
大灶爺　土地公
恭喜恭喜換新裝

新年像一個
愛打扮的姑娘
米缸貼「常滿」
天神揚「賜福」

舞龍獅　敲鑼鼓

春風拂面精神爽

新年像一個

愛打扮的姑娘

——2009年4月9日大年

早晨

早晨
蜜蜂兒是忙碌的
牠們飛到花叢裡
採花蜜

早晨
麻雀兒是忙碌的
牠們飛到田野上
找穀粒

早晨
孩子們是忙碌的
他們揹著書包
上學校

水蘊樹上的蝴蝶

月亮星星捉迷藏

月亮星星玩遊戲

月亮姐姐躲在

雲婆婆家裡

對小星弟弟大聲叫：

「快來找我！

快來找我！」

小星弟弟找不著

月亮姐姐不耐煩了

就從窗口跳出來

對小星弟弟大聲叫：

「我在這裡！

我在這裡！」

——2009年4月10日大年

月光會

中秋節

媽媽拜月亮

買了很多很多月餅

有雙黃　金腿

有豆沙　蓮蓉

更有花生和瓜子

擺滿了一桌

等等等　等等等

等了很久

月亮姐姐都沒有下來

我抬頭一望

很多小星星

圍住月亮姐姐

原來他們也在

開月光晚會

沒空下來

——2009年4月11日大年

果樹長鳥窩

老師告訴學生：

果樹都會結果

榴槤　紅毛丹　山竹

長出不同的果實

囝囝告訴老師：

不只呢！

我家的芒果樹

還長出很多鳥窩

——2009年4月8日大年

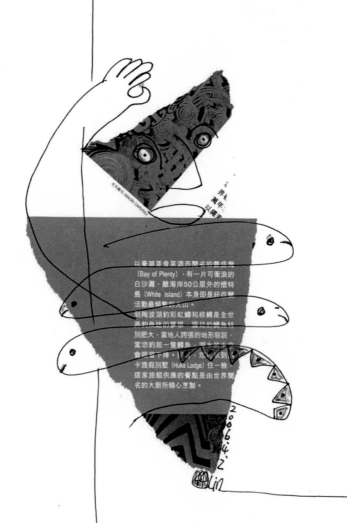

以奢華美食美酒而聞名的豐盛灣
（Bay of Plenty），有一片可衝浪的
白沙灘，離海岸50公里外的懷特
島（White Island）本身即是紐西蘭
活動最頻繁的火山。
到陶波湖釣彩虹鱒和棕鱒是全世
界釣魚迷的夢想，這兒的鱒魚特
別肥大，當地人誇張的地形容說，
當您釣起一隻鱒魚，湖水的水位
會跟著下降。 地 到
卡渡假別墅（Huka Lodge）住一晚，
這家旅館供應的餐點是由世界聞
名的大廚所精心烹製。

2006.4.2

橡膠樹的聲音

每年八月裡
橡膠樹就不斷
爆發聲音

嗶啪　嗶啪
有時在白天
有時在夜晚

嗶啪　嗶啪
果實張大嘴巴
吐出圓圓的珠子

圓圓斑駁的珠子
鑽入枯葉裡
長出棵棵小橡樹

——2009年4月7日大年

橡葉茶

買不起茶葉，我喝下人生的
第一口茶，叫橡葉茶
泡在荒涼的溪流裡
清冷中有琤琤的水聲

童年時，買不起茶葉
跟隨母親在橡林裡奔走
口渴了，我們一同到溪邊汲水
我看見水中的橡葉，一片片

我雙手掬滿溪水
大口大口地喝下
母親也掬滿溪水
大口大口地喝下

一片片橡葉，在水中
我們感覺到，喝下的
橡葉茶，清甜裡
總帶有微微酸澀

買不起茶葉，橡葉是
童年時我解渴的水仙
也是母親一生中解渴的
水仙，酸澀中帶有無比的清甜

——2002年寫於所羅門群島
——5月29日刊於光華日報「作協文藝」

畫畫

哥哥畫小羊

爸爸稱讚畫得好

姐姐畫小兔

媽媽也說畫得像

只有我的畫

爸爸媽媽齊說「亂塗鴉」

其實我畫得很用心

就是他們看不懂

——2008年4月9日大年

看報紙

爸爸說：

報紙上有很多戰爭

媽媽說：

報紙上有很多美食

哥哥說：

報紙是個世界體育館

姐姐說：

報紙是個免費的好老師

弟弟看到的報紙是

排隊整齊的小螞蟻

千軍萬馬

集合在一張白紙上

水蕣樹上的蝴蝶

牠們都精神充沛
有的在觀看風景
有的在欣賞人像
有的在咀嚼糖果

小螞蟻無論做什麼
隊伍都是整整齊齊
沒有爭先恐後
沒有你爭我奪

請幫我貼郵票

爸爸寫好了信
貼上小小的郵票
信就交到朋友手中
不管路途有多遠

姐姐包好了禮物
貼上小小的郵票
禮物就送到朋友家裡
不管隔著高山大海

弟弟對媽媽說
請您在我身上貼郵票
這樣不必您陪伴
我也可以自己去外婆家

————2009年2月4日大年

水蓊樹上的蝴蝶

變化

爸爸問我們：

什麼東西最會變？

弟弟說是雲朵

忽然是兔子

忽然是綿羊

忽然是棉花

雲朵每分鐘都在變化

姐姐說是煙花

煙花爆開

有時像旋轉的火球

有時像散落的星星

有時像閃爍的螢火

煙花剎那間就變化

水�翁樹上的 蝴 蝶

哥哥說流水變化最多
海洋可以化為蒸汽
雨點可以結成雪花
清水可以凝成冰塊
流水會消失也會變硬體

媽媽說你們都猜對了
世界上的東西都會變化
早上天氣晴朗
中午傾盆大雨
晚間滿天星斗

爸爸說大家都猜對了
東西沒有變化
世界就不會進步了

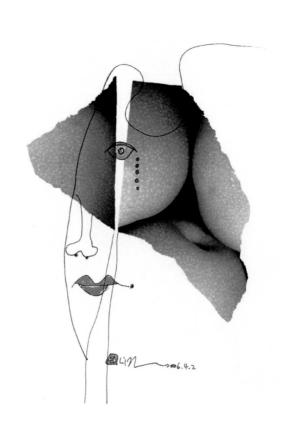

起床

大清早
媽媽就催我起床
「還早呢
時鐘還沒過六點」

媽媽又在
我耳畔嘮叨：
「膠工掛著頭燈
正在向膠樹問好」

大清早
媽媽就催我起床
「還早呢
鳥兒還沒睡醒」

媽媽又在

我耳畔嘮叨：

「菜農已經在播秧

農夫正在田裡拔草」

大清早

媽媽就催我起床

原來不是早起

是時間到了

整理書包上學去

青蛙跳著走

小胖問媽媽：
那個人為什麼
跳著走路？

媽媽：
他走路不小心
被汽車撞到

小胖：
青蛙跳著走
一定是在水裡
游來游去時
不小心被魚
撞到

——2009年4月6日大年

小狗和大鳥

弟弟帶著我

到處遊玩

我們是好朋友

有一次

弟弟牽著一隻大鳥

大鳥拍動翅膀

想飛走

我跑上去咬住它

都沒有流血

弟弟就在我屁股亂踢

還大聲罵：

「誰要你多管閒事

咬破我的風箏！」

　　　　——2009年4月16日大年

愛狗和愛貓

弟弟愛小狗
穿小狗的衣服
揹小狗的書包
抱小狗的玩具

小狗汪汪要吃飯
弟弟就叫媽媽

妹妹愛小貓
穿小貓的襪子
畫小貓的圖畫
玩小貓的積木

小貓喵喵要吃魚
弟弟就喊媽媽

只有媽媽

愛小貓

也愛小狗

停電的夜晚

我們吃晚飯

忽然停電了

爸爸命令手電筒

睜著一隻獨眼

看著我們

扒飯　挾菜

免被骨頭哽到

（手電筒一定在

偷偷流口水）

——2009年4月16日大年

弟弟和星星

晚上
媽媽坐在搖籃邊
一邊搖
一邊唱兒歌
弟弟慢慢閉上眼睛
睡了

晨早
月亮媽媽給星兒
講故事
星兒們聽著聽著
終於閉上眼睛
也睡了

學種菜

假期裡

學種菜

哥哥弟弟一起來

爸爸澆水哥拔草

媽媽施肥弟捉蟲

分工合作效率快

茄子長

甜豆扁

南瓜圓圓像月亮

番薯甜

韭菜香

玉米鬍子長長向著天

假期裡

學種菜

爸爸媽媽樂開懷

孩子的話

爸爸說

小小毛蟲長大了

變成美麗的蝴蝶

到處飛舞

媽媽說

池塘裡的小蝌蚪

長大後

就是會跳高的青蛙

哦！我懂了

小蜻蜓長大後

就是天空上的大飛機

飛得又快又遠

————2009年4月9日大年

媽媽臉上的皺紋

媽媽

切切切切

用小彎刀

在橡膠樹上

切割了

一條條皺紋

時光

無聲無息

卻也能

在媽媽的臉頰上

切割了

無數皺紋

——2009年4月6日大年

媽媽的白頭髮

那天我蹺課

揹著書包去遊玩

媽媽知道了

髮間多了一根白髮

那天我沒做功課

被老師罰站堂

媽媽知道了

髮間多了兩根白髮

那天我參加考試

很多科目不及格

媽媽知道了

髮間出現很多白髮

媽媽傷心地說：

「如果你再不努力用功

媽媽很快滿頭白髮了！」

原來媽媽為了我

長出白髮

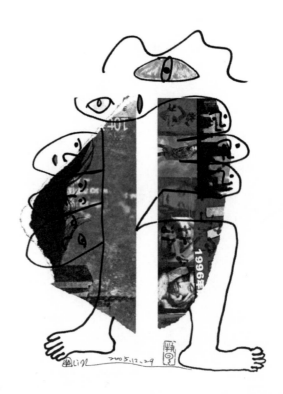

媽媽喜歡Ａ

姐姐的成績單

寫著10個Ａ

媽媽看得咪咪笑

很興奮地稱讚道：

「很好！很好！」

還要送一份禮物給姐姐

哥哥的成績單沒有Ａ

媽媽看了發脾氣

罵完「不用功讀書」

還在哥哥的掌心

一二三四五六七八

用雞毛帚出力打

我對媽媽說：

「媽媽呀請您別生氣

您要Ａ太容易了

10個那麼少

就算20個Ａ

我一樣願意

畫給您

（今天我才知道

原來媽媽最喜歡的東西

是最容易畫的Ａ）

媽媽要我多吃青菜

我真羨慕小花貓
不管有沒有捉到小老鼠
牠的飯碗裡，每餐
媽媽總放一尾魚

我每天放學回來
要寫字要學畫
還在算術簿上數星星
媽媽總是把青菜
挾到我的飯碗裡

媽媽還重複那句話：
「青菜營養好
要多吃青菜！
要多吃青菜！」

——2009年3月3日3大年

婆婆的白頭髮

妹妹問：

「媽媽，為什麼

您愈來愈多白頭髮？」

「你們天天胡鬧

又不喜歡讀書

令媽媽傷透腦筋！」

妹妹說：

「媽媽，婆婆滿頭白髮

您一定也是胡鬧又不讀書

令婆婆傷透腦筋！」

大家庭

天空像一個大家庭

月亮是慈祥的媽媽

星星是一群活潑的孩子

太陽是脾氣暴躁的爸爸

天氣晴朗的夜晚

星星老是圍著月亮

有的近有的遠

纏著要媽媽講故事

月亮媽媽的故事太動聽

引得星星

夜夜不肯閉眼睛

太陽爸爸脾氣壞

所以爸爸一回家

星星就害怕得躲起來

——選入河北少年兒童出版社《世界華文兒童文學選》（1995年）

大地的歌

大海的歌

嘩啦啦　　嘩啦啦

氣勢雄壯

小鳥的歌

啾啾啾　　啾啾啾

悠揚婉轉

青蛙的歌

呱呱呱　　呱呱呱

單調低沉

蜜蜂的歌

嗡嗡嗡　　嗡嗡嗡

刻板枯燥

雄壯　婉轉　低沉　枯燥
都是自然的韻律
都是大地的演奏

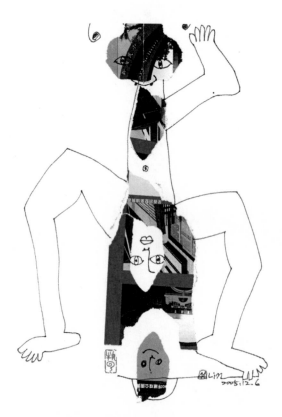

喇叭花的夢

喇叭花很羨慕大喇叭
得到眾人的親吻
還有手指輕撫的溫暖
從嘀嘀答答的節奏中
發出悅耳動聽的音調

喇叭花不甘於
只悄悄被人觀賞
它也想被人
親吻和愛撫

終於有個孩子走過
順手一牽
把它摘下

湊近鼻子嗅一嗅

什麼氣味也沒有

就將它扔棄

喇叭花感到後悔

來不及喊一聲痛

就在烈陽下

枯萎了

——2009年4月6日大年

吹口哨

哥哥吹口哨

嘰哩哩

嘰哩哩

響遍整間房子

爸爸吹口哨

咕嚕嚕

咕嚕嚕

響遍整個田園

小鳥吹口哨

啁啾啾

啁啾啾

響遍整片森林

——2009年4月9日大年

不要臉

哥哥和姐姐吵架
姐姐罵哥哥：
「不要臉！不要臉！」

弟弟聽見了
覺得很奇怪
急匆匆地問哥哥：
「不要臉

眼睛沒有了怎樣走路？
鼻子沒有了怎樣呼吸？
嘴巴沒有了怎樣吃東西？」

哥哥姐姐同時笑
不再吵架了

下雨的時候

下雨的時候

小鳥飛回窩巢裡

螞蟻回到蟻窩裡

小狗躲進狗屋裡

下雨的時候

月亮姐姐和星星弟弟

你們是不是

躲進雲婆婆的雨衣裡？

——2009年4月10日大年

揚揚讀故事書

揚揚才上幼兒園
卻要買故事書
爺爺說：
「很多文字您不懂」

揚揚翻開書本：
「我懂我懂！」
選擇書中的「天」和「地」
大聲唸給爺爺聽

——2009年5月5日大年

星星和螢火蟲

星星睡著了

它們夢見來到人間

落在草叢裡

變成了閃亮的螢火蟲

草叢裡的螢火蟲

提著小燈籠

飛呀　飛呀

回到天上變成了星星

星星和螢火蟲

原來是親兄弟

住天上的叫星星

住草叢的叫螢火蟲

————2009年4月11日大年

雨點兒寫詩

下雨天

我撐傘走路

雨點兒用他輕巧的小手指

在雨傘上

淅淅瀝瀝地寫詩

也在樹葉上

滴滴答答地寫詩

我一回到家

他就把詩寫好了

——2009年4月16日大年

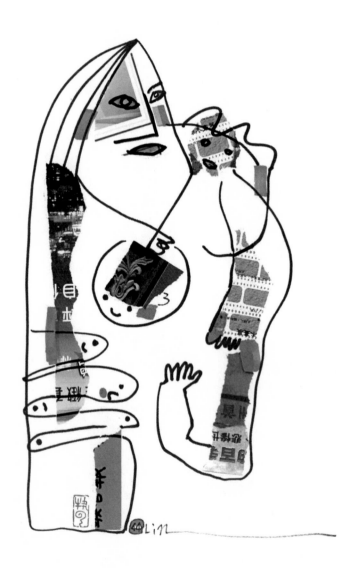

開畫展

姐姐開畫展

姐姐畫了很多畫

有山水風景

有熱帶水果

有人像素描

我畫得比姐姐多

每天都畫不同的動物

貓貓狗狗和兔兔

每天也畫不同的水果

蘋果山竹和芒果

我的畫

老師給了我

很多星星

姐姐的畫

連一顆星星

也沒有

沒有人叫我開畫展

真是不公平

——2009年4月14日大年

遲到

老師沒道理

我天天早到

他假裝沒看見

只遲到一天

就被他罰站了

———2009年4月14日大年

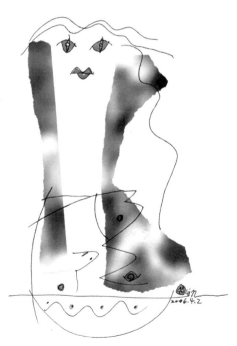

討厭的雨姐姐

頑皮的雨姐姐

天未亮就趕來膠林

偷偷地和橡膠樹洗澡

每棵樹

都變成了落湯雞

爸爸媽媽準備了飯菜

吃飽後又換上了工裝

左等右等　討厭的

雨姐姐還沒有離去

爸爸媽媽看了看天色

就坐在家裡嘆息

——2009年4月14日大年

爸爸的果園

爸爸的果園

平時冷清清

只有小鳥在果樹上

啁啾啁啾

果實成熟的季節

爸爸的果園

汽車響著喇叭來了

摩多吐著黑煙來了

一片熱烘烘

人們邊談邊吃

吃到打嗝了

還把水果一籮籮

帶走

他們東挑西選

將又大又甜的挑走

留下蟲蛀的

松鼠嚼剩的

給我們

爸爸還笑呵呵

我卻看得好傷心

——2009年4月10日大年

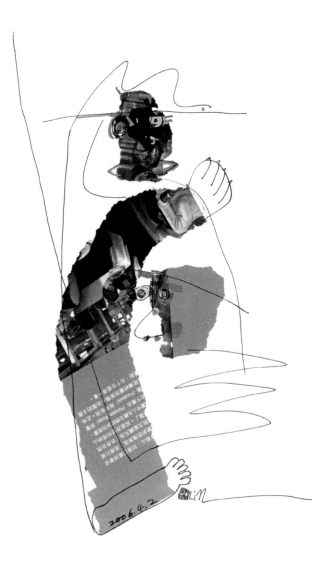

2006.4.2

汗滴的結晶

弟弟吃飯

飯粒掉落地下

爸爸說：

要小心

種稻插秧除草

農夫的工作很辛苦

妹妹挾菜

菜葉掉落地下

媽媽說：

要小心

種菜澆水捉蟲

菜農的工作也辛苦

他們熬盡日曬雨淋

他們經歷冷風寒露

一粒飯米一片青菜

都是汗滴的結晶

　　　　　——2009年4月14日大年

水荔樹上的蝴蝶

第三輯

水蘢樹上的蝴蝶

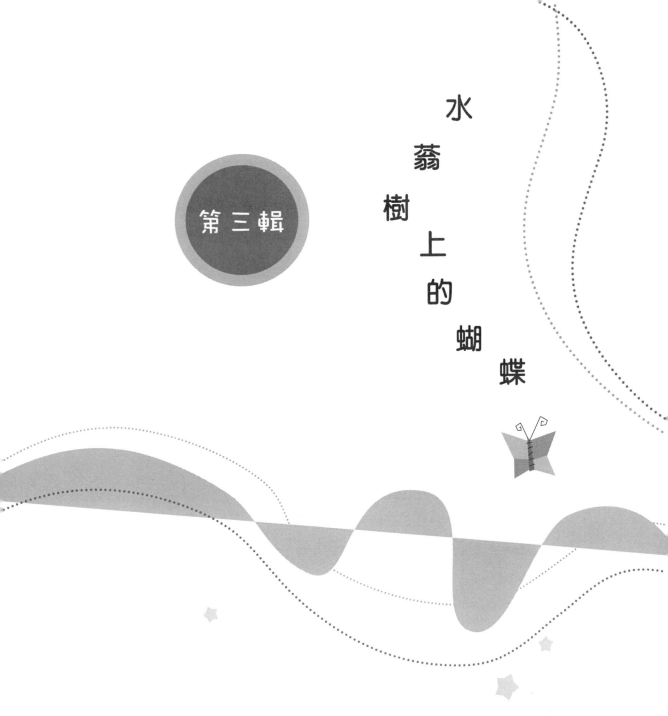

水荔樹上的蝴蝶 I

——水荔就是蓮霧，果實小小就要用塑膠袋包紮，免遭果蠅傷害，
　遂形成這樣的景觀。

姐姐快來呀！

看水荔果還青青

樹上就集滿了蝴蝶

有紅彤彤的

有黃燦燦的

有藍盈盈的

有白閃閃的……

在風中翩翩飛舞

把水荔樹

團團包圍著

像開一個

蝴蝶餐會

——2009年4月11日大年

水蓊樹上的蝴蝶 Ⅱ

——水蓊就是蓮霧，果實小小就要用塑膠袋包紮，免遭果蠅傷害，
　遂形成這樣的景觀。

姐

姐快

快來看呀

水蓊果還青青

樹上就集滿了蝴蝶

乍眼看去有紅彤彤的有黃燦燦的……

乍眼看去有藍盈盈的有白閃閃的……

在風中翩翩飛舞呢

把水蓊樹團團

包圍著像是

一群蝴蝶

開宴

會

——2009年4月13日大年

日曆

風雨無阻

每天

我在做

瘦身運動

到了年底

在人們歡樂中

我瘦到只剩下

一張紙

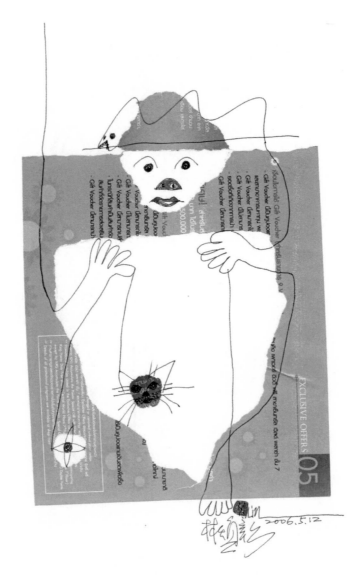

時鐘

上課的時候

牆上的時鐘

總是

走得比蝸牛還慢

老師翻開書本

教我們念課文

一遍又一遍

重複又重複

下課的鐘聲還是

久久不響

下課的時候

球場上盛滿我們的呼叫

同學們一起追逐

時鐘總是

走得如火箭

球還沒有摸熱

球籃還張著餓口

上課的鐘聲就

噹噹的響了

——1994年1月8日刊於台灣「兒童日報」

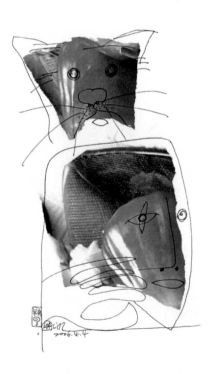

曬風箏

衣架上的衣服
曬乾了
媽媽就收回家

雨中飛行的燕子
停在電線上
曬乾了
晚上就回去窩巢

哥哥的風箏
被風雨打濕了
晾在電線上
連續曬了好幾天
還沒有收回來

書包 I

同學們走進教室
個個都咻咻喘氣
因為作業簿太多
因為課本太沉重

我心裡暗想：
如果把課本
和作業裡的文字
用樹膠擦統統擦掉
大家不必讀書
也不必練字
那時就輕鬆了

書包 II

老師
我今年才六歲
為什麼
我的書包那麼大
壓得我氣喘如牛

老師
校長高頭大馬
為什麼
他的書包那麼小
一隻手就帶走了

海浪

為了把貝殼
送上沙灘
早上
海浪趕來海岸

為了把落日
送到天涯
傍晚
海浪退下海灘

——2009年4月6日大年

牙刷

晚上

我對小弟弟說：

快張開嘴巴

讓我把飯後的殘餘

從您的牙縫裡

掃走

晨早

我對小弟弟說：

快張開嘴巴

讓我把您夢見的心事

功課壓力的煩惱

從記憶裡

消除

牙膏

大清早
我就受到
手指壓迫　被擠出
設計繽紛的住家

便這樣
身形平舖在
手術台上

我被按在兩排
U形的瓷磚之間
裡外上下
來回游走

在不斷洗涮間

把瓷磚縫裡的腐氣掃除了

而我因此被

污染成

一灘濁流

遺棄到陰溝裡

——2009年4月7日大年

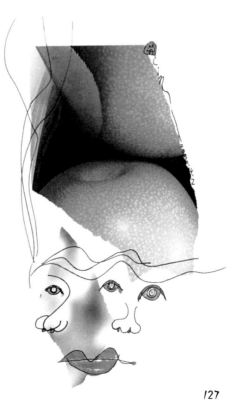

白雲的話

有時像團團棉花

飛舞

有時又像千百隻玉兔

沉睡

當從高空上

墜落時

我變成飛躍的銀箭

有時我輕飄飄

柔細得像棉花糖

給孩子撒下柔情蜜意

稻草人婆婆

稻草人婆婆

好可憐

為了嚇鳥雀

東搖西擺地

站在水中央

稻草人婆婆

好可憐

日曬　要忍耐

雨來　不能躲

稻草人婆婆

好可憐

衣破沒人補
斗笠任風打

稻草人婆婆
好可憐
黃昏農夫回家了
入夜鳥雀睡覺了

這時候　大家都在歇息
天地一片冷清
只有稻草人婆婆
依然在黑暗裡站立

落葉是旅行家

落葉是旅行家

喜歡到處遊山玩水

尤其在下雨的時候

下雨的時候

落葉變作小帆船

從小河航向大海

起風的時候

落葉是小風箏

從枝頭飄向藍天

落葉是旅行家

喜歡到處遊山玩水

下雨起風都不怕

蚯蚓

弟弟說：

練習簿上的

Ｓ字

像一條條爬動的

蚯蚓

他想把

練習簿上的

Ｓ字

種在泥土裡

讓Ｓ字

變成一條條

活蚯蚓

蜻蜓

蜻蜓蜻蜓

玻璃翅膀突眼睛

蜻蜓蜻蜓

青青荷葉當雨傘

漣漣湖水當菱鏡

蜻蜓蜻蜓

尖尖尾巴像鐵釘

蜻蜓蜻蜓

飛飛停停四處遊

遇見頑童要小心

——2008年《爝火》第25期

蜻蜓與鏡子

愛打扮的蜻蜓

在湖上飛來又飛去

把寧靜的湖面

當作亮晶晶的大鏡子

他突出的眼睛左轉右轉

向鏡子照了又照

欣賞自己美麗的衣裝

一旦發現骯髒了

他就生氣得

用尖銳而斑駁的尾巴

在玻璃上輕輕一點

大鏡子立刻皺起眉頭

碎了

可是過不了多久

碎了的玻璃又慢慢癒合

又是一面

亮晶晶的大鏡子

——1993年7月31日刊於台灣《兒童日報》
——1995年選入中國河北少年兒童出版社《世界華文兒童文學選》

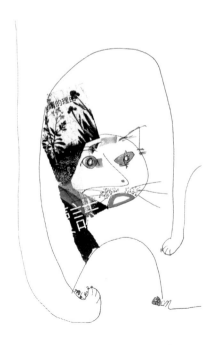

蝴蝶與松鼠

——寫孫兒覺揚

1、蝴蝶

媽媽說：

你像一隻

翩翩的小蝴蝶

飛揚在繽紛的花叢裡

這朵花兒嗅一嗅

那朵花兒嗅一嗅

忙著釀製一場

花蜜自由餐

2、松鼠

媽媽說：

你是一隻

快活的小松鼠

跳躍在濃蔭的叢林裡

這邊樹葉搖一搖

那邊樹葉搖一搖

年紀小小就肯定

自己的好身手

——2006年刊於《新華文學》

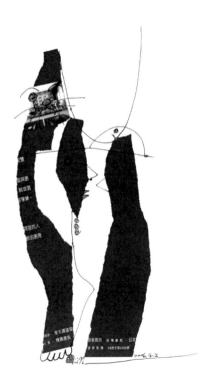

蝸牛

蝸牛很頑皮

晚上摸黑爬出來

偷吃

媽媽種的大白菜

吃飽了

還在菜葉上

用銀色筆

畫畫　寫字

忙碌了整夜

蝸牛還不疲倦

太陽出來了

第一道光亮

把牠們趕進草叢裡

豬籠草

喜歡涼

住山上

胖寶寶

張嘴巴

小蟲來

吞下牠

　　　——2009年4月10日大年

郵箱

鐵柵和我　是好朋友

日曬雨淋

我們都不分開

清早　天才微微亮

當我張開惺忪的眼睛

爸爸便臃腫著睡衣

向我道早安

從我的窗口　拿走報紙

一邊走進屋裡一邊念著

世界各處發生的大事

下午放學回來

姐姐總是很緊張

一走近我就不理書包

急急點收

遠方寄來的溫暖

有時郵差伯伯沒有來

姐姐就很失望

對我不理不睬

弟弟年紀小　但最俏皮

收不到朋友的禮物

就拿我來出氣

舉起拳頭　捶打我的頭

我沒法抵擋

只有「砰砰砰」地喊救命

要是媽媽看見了

就罵他

——1993年5月22日南洋商報《南馬文藝》

雨滴

落在

荷葉上的雨滴

是跳舞的珍珠

落在

牽牛花上的雨滴

是喇叭吹響的音樂

落在

橡膠樹上的雨滴

是膠工的眼淚

雲的眼淚

旱季來了

花草樹木昏昏欲睡

眼看就要枯萎了

雲姐姐不忍心

於是掀開大黑傘

把太陽公公舖蓋

跟著就傷心得

嘩啦啦地哭起來

眼淚灑落大地

惹得花草樹木笑起來

──2009年4月8大年

雲端上的紅豆雪條

白雲變幻多端

有時出現一群小白兔

有時走出一群小綿羊

小白兔　小綿羊

都不是弟弟的最愛

弟弟最愛吃雪條

弟弟最希望白雲變出

一支支紅豆雪條

從天空掉下來

——2009年4月7日大年

露珠兒 I

月亮媽媽失蹤了

星星們傷心地哭起來

眼淚掉在草葉上

變成早晨的露珠兒

太陽公公看見了

用他燦爛的大手拍

把所有的露珠兒

從草葉上收集

露珠兒 II

天還沒亮，
涼風習習地吹拂，
露珠兒媽媽帶著露珠兒寶寶，
在荷葉上翩翩起舞。

露珠兒媽媽愛護露珠兒寶寶，
知道太陽公公快要出來了，
於是對寶寶們說：
「我們應該回家了，跟著我跳進池塘裡！」
說完，
叮叮咚咚躲到水中了。

有一顆貪玩的露珠兒寶寶不聽，
繼續在荷葉上跳呀跳！

146

太陽公公伸出頭來，

他被蒸得發高燒，

最後

消失了。

　　　　　——2009年4月24日大年

鞋子

我很敬佩你

儘管太陽如火傘

或者暴雨像利箭

你和主人

總是不離不捨

一步　一步

向前走

我很喜歡你

滾燙的柏油馬路

蕨刺叢密的小徑

只要我想去

你都會陪我到目的地

鞋子　鞋子

你從來不發脾氣

鞋子　鞋子

我好感激你

飛機和風箏

弟弟放風箏

一架飛機

從天空飛過

弟弟神氣地說：

「我的風箏比你大！」

有一天

爸爸帶他去旅行

弟弟登上飛機

他驚奇地說：

「飛機長得這麼快！」

黑板擦

當老師和同學忙碌時
你躲在一旁睡覺
老師走出教室後
你匆匆爬上黑板
把密密的白字
吃光

從清晨到下午
睡覺後就吃
吃完了又睡
不知一天吞下多少
白字和圖案
就從來沒聽過你
打嗝

黑荳芽

吃飯的時候
叮噹指著荳芽問：
「媽媽　池塘裡的黑荳芽
為什麼炒熟了變白色？」

媽媽說：
「傻叮噹　池塘沒有荳芽
那是長大變青蛙的小蝌蚪！」

人間的星星

天空裡的星星

驕傲極了

以為他們是

天地間

最亮的眼睛

當往下望

竟發現

人間也有星星

他們的眼睛

更大更亮

————2009年4月18日大年

水蓊樹上的蝴蝶

小溪流

小溪流愛歌唱
從早唱到晚
沒有停歇

小溪流一路走
一路淙淙地
哼著自然的音符

遇到擋路的石頭
小溪流毫不退縮
提高嗓門子
激昂地跳過去

到了平地
小溪流心情爽朗
選換輕鬆的歌

——2009年4月20日大年

夕陽紅著臉兒

我花了整盒彩色筆

絞盡腦汁

才完成的一幅七彩畫

被夕陽悄悄偷走了

他紅著臉兒

把它貼在西邊的天上

變成他的作品

——2009年4月18日大年

小螃蟹

潮退的時候

小螃蟹在沙灘上

氣呼呼地挖洞

愈挖愈深

是要收集地下的消息

潮來的時候

小螃蟹從洞中爬出

舉起雙手告訴海潮

牠聽到了

貝殼的聲音

————2009年4月6日大年

小皮球

小皮球
滿肚氣
看見弟弟
就想逃避

弟弟頑皮
被老師責備
回到家裡
把我出氣
在我身上亂踢

我忍氣吞聲
在地下亂滾亂跳
弟弟毫不留情

繼續用力

踢我到桌下

踢我到牆角

踢我到櫥邊

我怕得發抖

卻沒有能力反抗

直到弟弟喚疲倦

我才能休息

小貓看見

我皮損臉傷

就用溫柔的雙手

悄悄為我撫摸

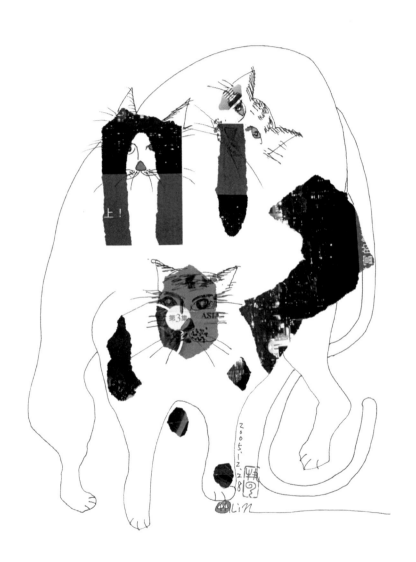

小蜜蜂和玫瑰花

小蜜蜂採花蜜

被玫瑰刺傷了

小蜜蜂生氣地罵：

「你為什麼長這麼多尖刺？」

一天小熊餓了

發現樹上有個蜜蜂窩

他爬上樹要採蜜

小蜜蜂一齊出擊

用他們又尖又毒的尾針

把小熊的眼睛和鼻子

螫得又紅又腫

小蜜蜂這時才想起

身上長尖刺

原來是保護自己

　　　──2009年4月6日大年

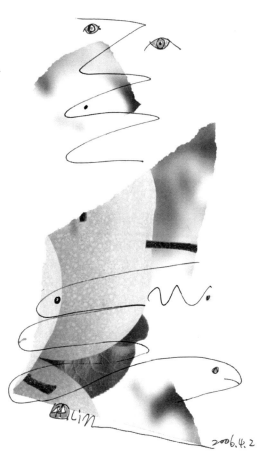

大螢火蟲

天氣晴朗的凌晨

膠林裡出現

很多很多大螢火蟲

環繞著橡樹

徐徐飛舞

蔓草裡的

小螢火蟲看見了

以為是

吃星星長大

從天上落下的兄弟

但又怕被大螢火蟲

巨大的火焰

灼傷

只有偷偷遠看

不敢親近它們

垃圾桶

我穿綠色衣裳

張開饑渴的大口

風雨不改

守在

眾人容易找到的地方

二十四小時等待

一包緊接著一包

空投而來的

免費殘羹

可是　人們

似乎不理睬

我的存在

讓空瓶子　紙屑　空盒

和果殼

四處遊蕩

我日以繼夜地張口

依然

三餐不飽

人們給我

動聽的讚美

我不要

給我裝飾打扮

我也不要

我要維護人人健康

和一個

美好歡樂的世界

——1993年9月15日刊於南洋商報《南馬文藝》

喇叭花與雞蛋花

小明問：

「媽媽　為什麼

牽牛花又叫喇叭花？」

媽媽答：

「牽牛花開放的時候

每一朵花兒

都像一支小喇叭」

小明問：

「可是　為什麼

雞蛋花的花兒

一點都不像雞蛋啊！」

風箏

風哥哥邀我去旅行

我越飛越高

小主人瞪著我

怕我不回去

在我身上繫著一條線

我正玩得高興

小主人卻收線

要我回到他身邊

——2009年5月6日大年

風哥哥氣力大

風哥哥氣力大

唬唬地到來

隨手一掃

把花草樹木推倒

有時候不分青紅皂白

把房子當足球

提腳一踢

令許多人

無家可歸

　　——2009年4月14日大年

音樂指揮棒

海浪像

音樂指揮棒

清早愈舉愈高

聲浪雄渾激昂

要太陽快快爬上來

照亮大地

忙碌了整天

傍晚的時候

海浪疲倦了

指揮棒徐徐下沉

祝賀夕陽

一路順風

——2009年4月15日大年

斷線了的風箏

老鷹看見一個

斷了線的風箏

吊在大樹上

隨風飄蕩

它很傷心地說：

又一個同伴犧牲了

獵人的心腸也真壞

還把它曬乾

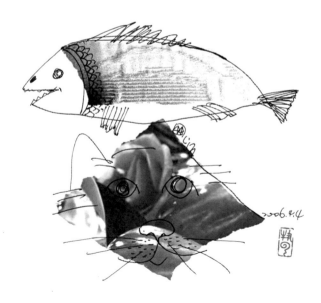

茅草花

爺爺的鬍子又白又長

爺爺把刮下的鬍子

撒在草叢裡

長成一片

茅草花

茅草花隨風飄蕩

飄到爺爺的嘴巴上

不久又長出

又白又長的

鬍子

玉蜀黍

年紀輕輕

就扮老

把長長的鬍子

掛在嘴邊

卻逃不過

農夫的眼睛

順手一拗

你便毫無反抗地

落在籃子裡

最終逃不過

烈火烹蒸

為成孩童最愛的

點心

　　　　——2009年4月12日大年

木棉花 I

果實

老到滿臉皺紋了

就爆裂成

朵朵雲

夜夜去偷聽

星星的夢

附注：木棉樹為熱帶喬木，鄉間隨處可見；木棉實成熟時葉子盡落，棉
　　　花可做枕頭。

——2009年4月14日大年

木棉花 II

雲媽媽

去天空旅行了

撇下我們

在光禿禿的枝椏上

被陽光熬到

滿身裂痕

　　　　　——2009年4月20日大年

公雞啼

我拍拍翅膀

向著東方大聲呼喚

喔喔喔………

喔喔喔………

太陽聽到了

匆匆探出頭來

紅著臉兒

向大地道早安

——2009年5月10日大年

後 記

　　這本兒童詩集，是我寫作最久、也是最快的一本書。最久，是因為我從上世紀90年代就開始嘗試寫作兒童詩，但並不積極，多年間只寫了十餘首。後來，輾轉流浪，忙著生活俗事，把寫作兒童詩這件事擱在一邊。

　　一擱，竟是悠長的二十年。

　　年紀漸老，心力俱衰；去年二月間，忽然想到要為兒童寫作一本書的心願未了，於是放下一切俗務，靜下心情，專事兒童詩經營，兩個多月裡完成了本書中的大部分作品，了結我「為兒童寫一本書」的夙願。兩個月寫成一本書，是我寫作以來的最高表現。

　　我得感激兒童文學家兼詩人的林煥彰先生，他是本書的催生者與發酵劑。上世紀90年代，我在沙巴期間，他便一再鼓勵我嘗試兒童文學書寫。我當年零星在台灣報刊雜誌發表的習作，全都是他推薦投寄的。煥彰先生為提倡兒童文學的先驅，創作與教學並進。本書中許多詩作，都經過他的指點與修飾，才有今天的整齊面貌。煥彰先生於講學與創作雙忙中，為本書寫序，同時還提供了數十幅撕貼畫做為配圖，提升了本書的光彩。他的古道熱腸，使我銘感五中。

　　這些習作，有幸被評審給予機會，獲得去年大馬福聯會暨雪隆福建會館年度兒童文學獎。雙福聯合會，長久以來，每年撥款資助五、六部馬華藝術文學著作出版，三十年來風雨不改；一個非文化團體，能夠對母語文化做出貢獻與堅持，教人佩服，也令人感動！

　　本書獲得秀威資訊科技有限公司青睞，正、簡體字兩種版本同時推出——在台灣出版正體，在大馬則印行簡體字版，對作者來說，是極大的榮幸，希望兩地以及其他華文地區的兒童，都能有機會從這些作品中獲得閱讀的樂趣；如果有所教益或啟發，那就更接近我所期待的心願，也深化了我為兒童努力寫作兒童詩的意義。

　　感激秀威出版部林經理世玲小姐親自責編，使這本童詩集能在最短時間完成出書；還有她的編輯團隊及各方的協助，使本書得以順利面世。

（寫於2010年2月27日檳島湖內）

語言文學類　PG0443

水蓊樹上的蝴蝶

詩 作 者 / 冰　谷
插　　 圖 / 林煥彰
主　　 編 / 林煥彰
責任編輯 / 林世玲
圖文排版 / 郭雅雯
封面設計 / 陳佩蓉

發 行 人 / 宋政坤
法律顧問 / 毛國樑　律師
印製出版 / 秀威資訊科技股份有限公司
　　　　　114台北市內湖區瑞光路76巷65號1樓
　　　　　電話：+886-2-2796-3638　傳真：+886-2-2796-1377
　　　　　http://www.showwe.com.tw
劃撥帳號 / 19563868　戶名：秀威資訊科技股份有限公司
　　　　　讀者服務信箱：service@showwe.com.tw
展售門市 / 國家書店（松江門市）
　　　　　104台北市中山區松江路209號1樓
　　　　　電話：+886-2-2518-0207　傳真：+886-2-2518-0778
網路訂購 / 秀威網路書店：http://www.bodbooks.tw
　　　　　國家網路書店：http://www.govbooks.com.tw
圖書經銷 / 紅螞蟻圖書有限公司
　　　　　114台北市內湖區舊宗路二段121巷28、32號4樓
　　　　　電話：+886-2-2795-3656　傳真：+886-2-2795-4100

2010年10月　BOD一版
定價：250元
版權所有　翻印必究
本書如有缺頁、破損或裝訂錯誤，請寄回更換

國家圖書館出版品預行編目

水蓊樹上的蝴蝶 / 冰谷著 ; 林煥彰圖. -- 一版.
　-- 臺北市 : 秀威資訊科技, 2010.10
　　面 ；　公分. -- (語言文學類 ; PG0443)
　BOD版
　ISBN 978-986-221-572-2(平裝)

859.8　　　　　　　　　　　99015408

讀 者 回 函 卡

感謝您購買本書，為提升服務品質，請填妥以下資料，將讀者回函卡直接寄回或傳真本公司，收到您的寶貴意見後，我們會收藏記錄及檢討，謝謝！

如您需要了解本公司最新出版書目、購書優惠或企劃活動，歡迎您上網查詢或下載相關資料：

http:// www.showwe.com.tw

您購買的書名：＿＿＿＿＿＿＿＿＿＿＿＿＿＿＿＿＿＿＿＿＿＿＿＿＿＿＿＿＿＿

出生日期：＿＿＿＿＿年＿＿＿＿＿月＿＿＿＿＿日

學歷：□高中 (含) 以下　　□大專　　□研究所 (含) 以上

職業：□製造業　□金融業　□資訊業　□軍警　□傳播業　□自由業　□服務業　□公務員　□教職
　　　□學生　□家管　□其它＿＿＿＿＿＿＿＿＿＿＿＿＿＿＿＿

購書地點：□網路書店　□實體書店　□書展　□郵購　□贈閱　□其他

您從何得知本書的消息？

　□網路書店　□實體書店　□網路搜尋　□電子報　□書訊　□雜誌　□傳播媒體　□親友推薦
　□網站推薦　□部落格　□其他＿＿＿＿＿＿＿＿＿＿＿＿＿＿＿＿

您對本書的評價：（請填代號　1.非常滿意　2.滿意　3.尚可　4.再改進）

　封面設計＿＿＿＿　版面編排＿＿＿＿　內容　＿＿＿＿　文／譯筆＿＿＿＿　價格＿＿＿＿

讀完書後您覺得：

　□很有收穫　□有收穫　□收穫不多　□沒收穫

對我們的建議：＿＿＿＿＿＿＿＿＿＿＿＿＿＿＿＿＿＿＿＿＿＿＿＿＿＿＿＿＿＿

＿＿＿＿＿＿＿＿＿＿＿＿＿＿＿＿＿＿＿＿＿＿＿＿＿＿＿＿＿＿＿＿＿＿＿＿＿＿

＿＿＿＿＿＿＿＿＿＿＿＿＿＿＿＿＿＿＿＿＿＿＿＿＿＿＿＿＿＿＿＿＿＿＿＿＿＿

＿＿＿＿＿＿＿＿＿＿＿＿＿＿＿＿＿＿＿＿＿＿＿＿＿＿＿＿＿＿＿＿＿＿＿＿＿＿

11466
台北市內湖區瑞光路 76 巷 65 號 1 樓

秀威資訊科技股份有限公司　　　收

BOD 數位出版事業部

（請沿線對折寄回，謝謝！）

姓　　名：_____　年齡：_____　性別：□女　□男

郵遞區號：□□□□□

地　　址：_____

聯絡電話：(日)_____(夜)_____

E-mail：_____